LES
BEIGNETS A LA COUR.

COMÉDIE EN DEUX ACTES MÊLÉS DE CHANTS,

Par M. Benjamin Antier;

Représentée pour la première fois, à Paris, sur le théâtre du Palais-Royal,
le 25 mars 1835.

———— ❦ ————

PERSONNAGES.	ACTEURS.	PERSONNAGES.	ACTEURS.
LOUIS XV.	Mlle Déjazet	ATALANTE DE NARBONNE,	
LE DUC DE MEILLY.	M. Sainville.	amie de Louise.	Mlle Mary.
LEBEL, valet de chambre du roi.	M. L'héritier.	LA SUPÉRIEURE.	Mlle Marie.
LA MARQUISE D'HUMIÈRES.	Mme Théodore	LA TOURIÈRE.	Mme Barroyer
LOUISE d'HUMIÈRES, sa nièce.	Mlle Emma.	Seigneurs, Dames, Pensionnaires,	

La scène se passe, au premier acte, dans le parloir de l'abbaye de Chelles ; au deuxième acte,
dans les appartemens du château à Versailles.

ACTE PREMIER.

Le théâtre représente le parloir de l'abbaye ; une grille au fond qui permet de voir dans l'intérieur.

SCÈNE I.

LOUISE, LA SUPÉRIEURE, UNE TOU-
RIÈRE, PENSIONNAIRES.

CHŒUR, de jeunes religieuses dans la
coulisse.

Air de Piccini.

Rien de ces lieux, jamais,
Rien ne trouble la paix.

LOUISE, *de même.*

Chantons les doux plaisirs, amis de la retraite,
Des soins de l'amitié, célébrons les bienfaits
L'ame goûte en ces lieux la volupté parfaite.
Jamais chez nous, jamais,
Rien n'en trouble la paix.

TOUTES, *défilant derrière la grille en vue du*
spectateur.

Jamais, chez nous, etc.

A la reprise du chœur, on sonne en dehors; une tou-
rière traverse la scène en avant de la grille, pour
aller ouvrir.

SCÈNE II.

LE DUC, DE MEILLY, LA MARQUISE
D'HUMIÈRES, LA TOURIÈRE.

LE DUC, *introduit par la tourière et prê-*
tant l'oreille aux derniers accords des jeunes
filles qui disparaissent. Quels sons mélo-
dieux! madame la marquise; vous me croi-
rez si vous voulez, vrai, ça me fait effet.
Je n'étais jamais venu dans l'intérieur d'une
abbaye, ça me fait un effet particulier, foi
de gentilhomme. (*Il écoute.*) Chut!.. hein?
comme c'est calme maintenant, quel silence! ça donne envie de parler... de parler bas. — Chut!.. (*On entend la sonnerie*
du couvent.) Oh! le bruit des cloches! (*Il*
met la main sur son cœur.)Oh! la vibration!
j'ai toujours été sensible au bruit des cloches ! ça me bat sur les nerfs...je suis femme,
comme un diable de ce côté-là.

LA MARQUISE. Eh bien, monsieur le duc, y pensez-vous? nous comparer...

LE DUC. Je vous demande un million d'excuses, c'est l'exaltation...

LA TOURIÈRE, *qui était sortie après avoir introduit le duc et la marquise, rentrant.* Je vais aller prévenir mademoiselle d'Humières de votre arrivée.

LA MARQUISE. Je ne veux rien déranger à l'ordre de la maison, ma sœur.

LE DUC. Ma sœur! ô douce familiarité du cloître, que tu es séduisante, va!

LA MARQUISE, *à la tourière.* Puisque ces demoiselles viennent de passer au réfectoire, j'attendrai que le repas soit achevé pour embrasser ma nièce. Dans la compagnie de M. le duc de Meilly, le temps me paraîtra moins long.

LE DUC. J'y tâcherai, madame la marquise, très certainement, j'y tâcherai.

La tourière s'éloigne.

ooooooooooooooooooooooooooooooooooooooo

SCÈNE III.

LE DUC, LA MARQUISE.

LE DUC. Ah ça, mademoiselle d'Humières ne se doute pas que vous venez la retirer du couvent aujourd'hui même?

LA MARQUISE. Non, j'en ai prévenu seulement la supérieure par un mot.

LE DUC. C'est une circonstance bien favorable pour présenter une demoiselle dans le monde que le commencement d'un règne! surtout, avec un prince de seize ans.

LA MARQUISE. Oh! les commencemens sont toujours superbes; c'est la fin qu'il faut voir!

Air de *Partie et Revanche.*

Quand un nouveau règne commencé
Chacun voit l'avenir en beau;
Chacun se livre à l'espérance,
D'attraper sa part du gâteau;
Chacun veut sa part du gâteau.
Tout est promesse pour séduire
Tant de gens qu'on doit rendre heureux;
Mais l'histoire est là pour nous dire,
Que promettre et tenir sont deux.

LE DUC. Il faut espérer que celui-ci sera mieux élevé que son aïeul, et que ses instituteurs ne s'amuseront pas à nous le gâter. Il est vrai que quelque dame de la cour pourra bien prendre cette peine-là.

LA MARQUISE. Mais en vérité monsieur le duc vous dites aujourd'hui des choses!

LE D... ..n effet, je ne sais pas ce que j'ai; il m'arrive des idées!..

LA MARQUISE. Fort étranges! et dans un lieu pareil. (*On entend le son du cor.*) Est-ce qu'il y aurait chasse de ce côté?

LE DUC. Ça ne me surprendrait pas.

LA MARQUISE. Et par quel hazard n'avez-vous pas suivi sa majesté?

LE DUC. Ce n'est point par hazard, marquise, mais par le bonheur que j'ai eu que vous me proposiez de vous accompagner.

LA MARQUISE. Toujours galant!

LE DUC. Avec vous, ce serait toujours, si votre haute piété ne le défendait; aussi, est-ce sûr la nièce que j'ai le projet de me venger de la sévérité des principes de la tante... vous savez que mademoiselle d'Humières m'a été promise par monsieur le maréchal lui-même, son digne père.

LA MARQUISE. Oui; mais il vous a prévenu que les d'Humières, de mère en fille, n'ont épousé, et n'épouseront jamais que des grands cordons de l'ordre, des maréchaux ou tout au moins des ducs et pairs.

LE DUC. Eh bien, ça m'est dû, madame la marquise, duché, cordon, bâton, ça m'est dû. Louis XIV de glorieuse mémoire qui connaissait mes capacités, me l'a dit, devant M. Tallart qui vous l'affirmerait s'il n'était allé rejoindre Louis XIV; et l'occasion m'a manqué seulement; car, les colliers de l'ordre pleuvaient autour de moi.

LA MARQUISE. Et pas un n'est venu à votre cou.

LE DUC. Pas un, c'est vrai.

LA MARQUISE. Le bâton de maréchal a passé de main en main aussi.

LE DUC. Et m'a toujours passé devant le nez, vous voulez dire? dites, dites, ne vous gênez pas... Eh bien, madame la marquise, je m'en fais gloire, dans ces derniers temps, à qui la faveur? à ces écervelés qui partageaient les excès du prince, et Dieu sait si j'en ai jamais fait d'excès! je n'aurais pas pu... madame la marquise, vous devez me rendre cette justice.

LA MARQUISE. Mais monsieur le duc, j'ignore absolument, je vous assure...

LE DUC. Eh bien, je vous le déclare, j'ai passé pur, ce qui s'appelle pur et sans tache, à travers les fêtes effrénées, les regards lubriques et les orgies brûlantes; et j'ose dire que j'apporterai à mademoiselle d'Humières un cœur tout neuf.

LA MARQUISE. Quel âge avez-vous donc, monsieur le duc?

LE DUC. Je dis neuf de toutes les souillures de ce temps déplorable. (*On sonne vivement au dehors.*) Oh, oh! voilà des arrivants qui sonnent en maître. (*Il regarde.*) Eh! je ne me trompe pas, c'est le premier valet de chambre du roi. Par quel hazard ici ?

~~~~~~

SCÈNE IV.

Les Mêmes, LEBEL.

LEBEL, *du dehors.* Laissez, laissez, je vous remercie... je vais lui parler moi-même.

LE DUC. Eh bon Dieu! M. Lebel qu'y a-t-il donc? vous avez l'air tout en émoi.

LEBEL, *s'essuyant le front.* Je suis rendu, monsieur le duc. Enfin, trop heureux de vous rencontrer! A travers la grille de l'abbaye, j'ai reconnu votre équipage, et j'ai pensé que vous me donneriez peut-être des renseignemens.

LE DUC. Eh sur quoi ?

LEBEL. Nous chassons dans ces parages, et voilà, sans mentir, une bonne heure que j'arpente au galop, toutes les routes de la forêt pour rejoindre sa majesté; vous ne l'avez pas aperçue?

LA MARQUISE. Non vraiment.

LEBEL. Ah! madame, pardon, je n'avais pas l'honneur de vous voir.

LE DUC. Est-ce que vous auriez quelques craintes?

LEBEL. Des craintes? je suis toujours inquiet lorsque le prince nous échappe; c'est que le voilà d'un âge.... seize ans tout à l'heure! et sans qu'il y paraisse encore trop, il y a du salpêtre dans cette petite imagination-là. S'il se débarrasse une fois des lisières du cardinal, et je crois qu'il en meurt d'envie... Ma foi!

LE DUC. Mais comment l'avez-vous quitté?

LEBEL. C'est bien lui qui nous a quittés au détour du sentier de la Mare. Je ne sais quoi a frappé ses regards; il a poussé un ha! piqué des deux, pris sa course, s'est enfoncé dans les taillis, j'ai voulu le suivre... ah bien oui! j'ai pris alors le parti le plus raisonnable, celui de venir à ce village, le lieu du rendez-vous.

LE DUC, *à part.* Ah! que voilà qui arrive bien.

LEBEL. Puisque vous ne pouvez rien m'apprendre, je vais me remettre en route.

LE DUC. Reprenez donc haleine un moment.

LEBEL. Il est vrai que ça ne me fera pas de mal.

LE DUC. C'est un poste important et précieux que le vôtre.

LEBEL, *légèrement.* Il le deviendra, je l'espère, monsieur le duc.

LE DUC. Oui, oui, oui, toutes ces dames disent que Louis XV est le plus gentil gentilhomme du royaume, mais qu'il est trop timide.

LEBEL. Il n'est pas étonnant qu'elles le jugent ainsi; il y en a parmi nos duchesses qui jettent sur lui des regards si..... je ne veux pas trouver le mot, qu'elles feraient baisser les yeux à un cent-suisse... mais je cause là, et je ne suis pas tranquille, je vous le répète, je vais vous quitter.

LE DUC, *à la marquise.* Pendant vos petits préparatifs, j'ai bien envie d'aller avec M. Lebel à la recherche de notre jeune souverain.

LEBEL, *à part.* Beau plaisir qu'il lui fera et à moi aussi. (*Haut.*) Venez, monsieur le duc, je me trouverai très honoré de votre compagnie.

LE DUC. Le fat qui pense que c'est pour le plaisir de sa société. Je saisis l'occasion de voir le roi tout bonnement. (*A Lebel.*) Est-il en belle humeur ce matin, notre cher prince?

LEBEL. D'une humeur charmante...

LE DUC, *à la marquise.* Il a l'air d'être venu ici tout exprès... et je serais si heureux que cette circonstance put décider l'époque de mon mariage.

LA MARQUISE. Si vous arrivez aussi promptement au but!

LE DUC. Il faudra avouer que je suis né coiffé, n'est-ce pas?

LEBEL.

Air : *Gymnasiens, remettons à quinzaine.*

Venez, monsieur.

LE DUC.

Ah! mon cher, quelle ivresse.

(*A lui-même.*)

Comme le roi va bien me recevoir.

(*A la Marquise.*)

Aux tendres soins un moment je vous laisse.
Votre nièce arrive au parloir.

~~~~~~

SCÈNE V.

Les Mêmes, LOUISE.

LOUISE, *accourant.*

Ma bonne tante! ah! que je suis heureuse
Ma bonne tante, embrassez votre enfant.

LE DUC.

Comme elle est belle et surtout gracieuse.

LEBEL.

On dirait presque une femme à présent!

ENSEMBLE.

LOUISE.

Auprès de vous, oui, je voudrais sans cesse,
Voir s'écouler mes heures au parloir.
Ah ! laissez moi vous exprimer l'ivresse
Que mon amour éprouve à vous revoir.

LA MARQUISE.

Ma chère enfant, je partage l'ivresse
Que votre amour éprouve à me revoir.

(Au Duc.)

Monsieur le duc, partez, le temps vous
                [presse,
Que le succès couronne votre espoir.

LE DUC, à la Marquise,

Comme avec ame elle exprime l'ivresse
Que son amour éprouve à vous revoir;
Aux tendres soins, un moment je vous laisse,
J'aurai bientôt l'honneur de vous revoir.

LEBEL.

Ne tardons plus, partons, le temps nous presse,
Je ne veux pas manquer à mon devoir.

(A la Marquise.)

Nous vous laissons ensemble à votre ivresse,
Jusqu'à l'honneur de bientôt vous revoir.

Le Duc et Lebel sortent.

SCÈNE VI.

LA MARQUISE, LOUISE.

LA MARQUISE, *à Louise.* Ma nièce, à l'âge de seize ans que vous avez d'hier, il est temps de quitter cette retraite. Je vais vous conduire à Paris; vous passerez quinze jours auprès de votre grand'mère, pour vous y habituer aux belles façons : après quoi vous viendrez habiter avec nous Versailles.

LOUISE. Quoi ! ma tante, je quitte le couvent... nous allons à Paris ?

LA MARQUISE. Oui, mon enfant... mais ce n'est point une séparation sans retour; vous viendrez, quand il vous plaira, revoir vos bonnes amies.

LOUISE. Accordez-moi seulement quelques minutes pour les embrasser.

LA MARQUISE. En allant présenter mes devoirs à madame la supérieure, je la prierai de les envoyer près de vous.

Elle embrasse Louise et sort.

SCÈNE VII.

LOUISE seule.

Quel bonheur !.. quitter le couvent aujourd'hui même ! pour aller à Paris. Moi, voir Paris, Versailles !.. séjours brillans !

dont mes bonnes amies racontent tant de merveilles, qu'il me semble toujours entendre des contes de fées... je verrai tout cela... ce monde inconnu pour moi, venue si jeune au couvent; ce monde dont je n'aurais pas même une idée sans mon confesseur qui m'en dit tant de mal; et sans ma chère de Narbonne qui m'en fait de si séduisantes peintures !.. Je vais y être présentée ! Et puis l'on me mariera un jour ! j'aurai des diamans et une voiture comme les grandes dames. Oh ! quel plaisir ! une belle voiture avec de grandes portières dorées; et puis des chevaux fougueux !.. qui vont comme le vent !.. qui vous emportent à perdre la respiration... Oh mon Dieu, mon Dieu ! que je voudrais y être ! et au bal ! depuis que j'ai entendu faire la description d'un bal de cour, j'en rêve toutes les nuits... j'y danse le menuet, j'y rencontre toute la ville et toute la cour. Ce qui me ferait peur en réalité, ce serait de paraître pour la première fois aux yeux de tant de personnes ; quand j'y pense, une crainte involontaire me saisit, c'est qu'il faut y plaire.

Air des Frères de lait.

Dans certain miroir qu'en cachette,
Vingt fois le jour je consultais ;
Je me trouvais d'une beauté parfaite !
Eh bien ! je tremble aujourd'hui que je vais
Dans ce beau monde éblouissant d'attraits.
   Près d'essayer une nouvelle vie,
Je voudrais bien que l'on me fît savoir :
Si j'ai vraiment la mine aussi jolie
Que me l'a dit tant de fois mon miroir.
Ai-je vraiment, etc.

SCÈNE VIII.

LOUISE, ATALANTE DE NARBONNE, Pensionnaires.

LOUISE, *pendant que l'orchestre joue la ritournelle de l'air suivant.* Ah ! voilà toutes mes bonnes amies qui viennent me faire leurs adieux.

CHŒUR.

Air du Galop.

Au parloir du monastère
On nous permet de passer,
Avant ton départ, ma chère,
Nous accourons t'embrasser.

ATALANTE. Ma bonne Louise ! que vient-on de me dire ?

PREMIÈRE PENSIONNAIRE. Qu'est-ce que je viens d'apprendre ?

DEUXIÈME PENSIONNAIRE. Tu quittes le couvent?

LOUISE. Hélas oui...

ATALANTE. Ah! que je voudrais être à ta place!

LOUISE. Eh bien! quoique j'aie bien soupiré après cet instant, je vous assure que ça m'effraie autant que ça m'enchante.

DEUXIÈME PENSIONNAIRE. Vraiment!

ATALANTE. Pourquoi?

LOUISE. Je ne sais pas... ici l'on m'aime... je me trouve à mon aise... et dans le monde...

ATALANTE. On t'aimera encore... mais autrement.

LOUISE. Oui! et si je ne plais pas!.. si on allait me trouver laide...

ATALANTE. Laide!.. on est toujours jolie à seize ans, ma chère, et l'on trouve toujours quelqu'un pour nous le dire.

PREMIÈRE PENSIONNAIRE. Quand ce ne serait qu'un petit cousin.

ATALANTE. Ah! mademoiselle, c'est bien mal à vous...

LOUISE. De parler de ton cousin devant moi? Ah bien, va, ce n'est pas d'aujourd'hui que je sais que tu allais souvent dans le monde et qu'on ne t'a enfermée ici que parce qu'on ne veut pas qu'un petit cousin sans fortune t'épouse. Est-ce vrai?

ATALANTE, *regardant avec humeur la première pensionnaire.* Aglaé est une indiscrète qui aurait dû comme moi respecter ton ignorance.

LOUISE. Oh! je t'assure que ça ne m'a rien fait du tout. D'abord, je n'ai pas de cousin, et à voir souvent comme tu es triste, j'ai dit bien des fois que j'étais fort heureuse de n'aimer personne, de ce qu'on appelle amour... et de ne point connaître d'autre sentiment que mon amitié pour toi... (*Montrant ses compagnes.*) Comme pour elles...

SCÈNE IX.

Les Mêmes, LA TOURIÈRE.

LA TOURIÈRE. Eh bien, eh bien! mes demoiselles, et la classe, l'heure a sonné depuis long-temps.

ATALANTE. Mais, ma sœur, il faut bien que nous ayons le temps d'embrasser notre amie qui va nous quitter.

LA TOURIÈRE. Il faut, il faut que la règle ne soit pas dérangée.

LOUISE, *cajolant la tourière.* Ma bonne sœur, ne les grondez pas.

LA TOURIÈRE. Oui, oui, ma chère enfant! c'est qu'en vérité j'ai la tête perdue, voyez-vous, c'est aujourd'hui jour de visite à l'abbaye... je ne sais plus auquel entendre... on sonne au-dehors, on sonne au-dedans; les équipages arrivent, les paysans crient... nos dames en font autant. Il faut que je sois à la grille, au parloir, à la cour des jeux... la trinité en personne n'y suffirait pas... Pendant ce temps, la première porte reste ouverte... les uns entrent, les autres sortent... il n'y a plus moyen de s'y reconnaître... Et puis, le plus malheureux de tout cela, c'est que mon perroquet jeûne; il est midi tout à l'heure, et Jacquot n'a pas encore mangé même un macaron.

LOUISE. Eh bien! ma sœur, allez donner à déjeuner à Jacquot... et je vous promets que ces demoiselles vont rentrer bien sagement.

LA TOURIÈRE. A la bonne heure.

CHŒUR.

Air du Galop.

Ah! si notre règle austère
Nous force de te laisser,
Avant ton départ, ma chère,
Nous reviendrons t'embrasser.

LOUISE, *d'Atalante.*

Une fois dans ma famille,
Tous mes soins tendront, crois-moi,
A te faire ouvrir la grille
Mise entre le monde et toi.

TOUTES.

Ah, si notre règle austère

Vous
Nous force de me
te laisser

Avant mon
ton départ ma chère,

Ramène les m'
Nous reviendrons t' embrasser.

Elles s'éloignent.

SCÈNE X.

LE ROI.

Au moment où les jeunes filles sortent en courant reconduites par Louise, le roi paraît sur le seuil de la porte, et les regarde.

LE ROI. Brrrr! Toutes ces petites filles, les voilà envolées comme une compagnie de perdreaux, ce n'est pourtant pas moi qui ai pu leur faire peur. (*Il avance.*) Elles ne m'ont pas vu... pas plus que la vieille tourière qui laisse la grille ouverte et qui fait manger du sucre à son perroquet plutôt que de regarder ceux qui entrent... il y a long-temps que j'avais envie de voir l'intérieur d'un couvent, et ses religieuses. (*Il regarde.*) Oh! mais, comme en voilà; et de gentilles! Parlez-moi de se mettre sur la trace d'un petit gibier comme celui-là. A la bonne heure! voilà une chasse que j'aimerais; cela ne vaut-il pas cent fois mieux que tous leurs lièvres et leurs faisans.

Air de *César.* (Rendez-vous Bourgeois.)

> La chasse m'inspire
> L'amour des combats;
> Mais mon cœur soupire
> Pour de plus doux ébats;
> Ah! oui, pour de plus doux ébats.
>
> La chasse, etc.
>
> Honteux d'une victoire
> Sur le daim tremblant
> Mon courage ardent
> Rêve un autre gloire, *bis.*
> Mais vois-je arriver
> Belle au teint de rose, *bis.*
> C'est bien autre chose
> Qui me fait rêver.
> Oui, c'est autre chose
> Qui me fait rêver.
> Quelle est cette flamme,
> Ce je ne sais quoi,
> Que fait naître en moi
> L'aspect d'une femme (*bis*).
>
> La chasse m'inspire
> L'amour des combats,
> Alors je désire
> La guerre et son fracas.
> Oh! oui, la guerre et son fracas!
> Mais mon cœur soupire,
> Pour de plus doux ébats.

Aussi pour me venger aujourd'hui, comme je les ai plantés là, bêtes et gens! ils seront inquiets, tant pire pour eux. Ah! en voilà une qui revient, je trouverai à qui parler. O la jolie personne!

SCÈNE XI.

LE ROI, LOUISE.

LOUISE, *retenue.* Un étranger... pardon, monsieur.

LE ROI, *la retenant, comme elle va s'éloigner.* Comment, ma présence vous fait peur!

LOUISE. Non, mons... monseigneur, c'est qu'il est défendu aux pensionnaires de se trouver seules devant un homme.

LE ROI. Ah! vous êtes pensionnaire?

LOUISE. C'est-à-dire, j'étais tout à l'heure encore; mais je cesse de l'être... je sors aujourd'hui du couvent.

LE ROI. Ah bien alors, vous ne pouvez refuser de causer un moment avec moi, car je n'ai rencontré personne que le jardinier qui m'a dit : que monsieur le duc était au parloir; je venais voir quel duc et je bénis le ciel de trouver une personne dont toutes les duchesses du monde envieraient les beaux yeux.

LOUISE, *retenant un sourire de satisfaction.* Monsieur, la règle nous défend... d'écouter...

LE ROI. Les hommes encore, n'est-ce pas... puisque vous n'êtes plus pensionnaire, il n'y a plus de règle pour vous.. mais d'ailleurs, voyez-vous, vous le seriez encore qu'il n'y aurait pas plus d'inconvénient parce que moi je ne suis pas un homme.... comme un autre.

LOUISE. Comment?

LE ROI. Non, je ne suis pas un homme ordinaire, il n'y a même pas long-temps que je suis homme.

LOUISE, *surprise.* Ah! mais enfin, qui êtes-vous donc?

LE ROI, *mystérieusement.* Je suis le roi de France.

LOUISE, *vivement.* Sa majesté Louis XV.

LE ROI. Oui.

LOUISE, *toute ébahie.* Vraiment! (*Revenant à elle.*) (Le roi de France! attendez, je vais courir chez la supérieure.

LE ROI. Oh! je ne suis pas pressé, restons un moment... (*A part.*) Voilà une gracieuse demoiselle.

LOUISE, *naïvement.* Comment, vous êtes le roi de France?

LE ROI. Lui-même, et vous?

LOUISE. Je m'appelle Louise, et je suis la fille du marquis d'Humières.

LE ROI. L'un de mes respectables maréchaux... Eh bien, mademoiselle Louise, pourquoi donc me regardez-vous avec cet air de surprise et d'attention?

LOUISE. Ah! c'est que je trouve... vous n'avez donc pas de perruque?

LE ROI. Vraiment non.

LOUISE. Pourquoi cela?

LE ROI. Parce que j'ai mes cheveux. Il y a bien assez de perruques à la cour sans moi.

LOUISE. Je croyais que tous les monarques portaient une grande perruque comme celle de Louis XIV, dont le portrait est dans le réfectoire.

LE ROI. Et vous aimez mieux ma coiffure.

LOUISE. Et votre visage aussi.

LE ROI. Mon aïeul avait pourtant une belle tête.

LOUISE. Ah bien, ils lui ont fait une figure sévère, j'ai peur en le regardant; ça me rappelle toujours le père Porriquet quand il me dit : Ma fille, c'était un très grand péché!

LE ROI. Comment, comment, vous faites des péchés au couvent?

LOUISE. Mais dam, sire, on en fait partout; quand on ment, par exemple.

LE ROI. Des demoiselles! et moi qui croyais qu'on ne mentait qu'à la cour! — Ah! dites-moi donc, dans vos couvents, vous passez tout votre temps à prier, n'est-ce pas?

LOUISE. Oh! non. Nous avons nos momens de récréation.

LE ROI. Ah! et à quels jeux jouez-vous?

LOUISE. A toutes sortes... à cache-cache, mais Madame ne veut plus depuis un soir que l'esprit malin qui s'était fourré dans un bosquet sous l'habit d'un beau seigneur comme vous, a voulu, dit-on, emporter Atalante de Narbonne, une de mes bonnes amies. Ô elle a bien pleuré, allez.

LE ROI. De n'avoir pas été emportée!

LOUISE. Non. Madame la supérieure l'a fait venir, et puis elle lui a dit des choses qu'Atalante n'a jamais voulu nous répéter; et puis on nous a interdit l'entrée du jardin pendant huit jours. Enfin, jamais le diable n'avait fait pareille esclandre... au dire des sœurs, depuis la fondation de l'abbaye.

LE ROI. Ainsi, vous ne pouvez plus jouer à cache-cache!

LOUISE. Nous serions damnées! mais nous jouons la comédie comme à St-Cyr.

LE ROI. Et quels rôles jouez-vous?

LOUISE, gravement. Le grand prêtre dans Athalie.

LE ROI. Eh bien, et la barbe au menton?

LOUISE. Madame la supérieure en a une superbe qu'elle prête, et qui me monte jusqu'aux oreilles.

LE ROI. J'aimerais mieux vous voir en Esther et faire Assuérus.

LOUISE. Assuérus! il faudrait vous mettre de la barbe, aussi; car, vous n'en avez pas beaucoup plus que moi.

LE ROI. Ah, mademoiselle! pas plus que vous... il y a un an, je ne dis pas; mais à présent... ça commence joliment à piquer... tenez. (Elle recule.) Ça ne vous fera pas mal.

LOUISE Toucher le menton d'un homme!

LE ROI. Moi, je toucherais bien le vôtre. (A lui-même.) J'ai une envie de l'embrasser!.. (Il en fait à moitié le geste, elle recule davantage.) Mais, puisque je vous ai dit que je suis le roi de France... Ah, ah, ah! elle l'avait oublié... et moi aussi. (A part.) C'est extraordinaire! je me sens, ici, auprès d'elle, des idées qui ne me viennent pas du tout au château. (Haut.) Avant aujourd'hui, je n'aurais pourtant jamais pensé qu'on s'amusât dans un cloître!

LOUISE. Ah! mais beaucoup, beaucoup, et les jours de fêtes, donc, on fait des beignets délicieux.

LE ROI. Des beignets! vous savez faire des beignets?

LOUISE. Certainement, j'ai même une réputation! est-ce que vous les aimez?

LE ROI. Si je les aime!.. de passion! surtout depuis qu'ils se sont avisés de m'empêcher d'en manger.

LOUISE. Vous empêcher! moi qui croyais que les rois pouvaient faire tout ce qu'ils voulaient!

LE ROI. Oui, les ministres laissent croire ça au peuple et font tout ce qu'ils veulent.

LOUISE. Et ce sont les ministres qui ont...

LE ROI. C'est mon gouverneur par ordonnance du médecin, parce que j'en avais trop mangé et qu'ils m'avaient rendu malade.

LOUISE. C'est bien dommage que vous ne soyez pas à l'abbaye, je vous en ferais en cachette.

LE ROI. Eh bien, écoutez, il ne faut rien dire à personne, et... vous m'en ferez à Versailles.

LOUISE, follement. Je le veux bien. (Par réflexion.) Mais sire, et ma tante?

LE ROI. Ah! c'est vrai. (A part.) Et le cardinal! je n'y pensais plus, moi... si Lebel voulait arranger cela, lui, il est entendu; il ne me contrarie jamais. (Il la regarde.) C'est qu'elle est charmante! et qu'elle me fait oublier mes gens, ma chasse... jusqu'à ma timidité; moi, qui d'ordinaire n'ose pas regarder une femme en face je ne peux pas me lasser de la dévorer des yeux!

LOUISE. Qu'est-ce que vous dites donc là tout seul... vous avez l'air de bouder dans votre coin...

LE ROI. Au contraire : je me dis que je vous trouve si jolie!

LOUISE, à part. Ah! en voilà un déjà! et un roi.., ça doit compter pour deux.

LE ROI. Oui, si jolie et si douce, que je me sens plus à mon aise, auprès de vous, qu'auprès de toutes ces grandes dames qui pourtant se confondent devant moi en exclamations de respect, et en belles révérences.

DUO.

Air d'*Adam*. (de l'audience du prince.)

LE ROI,

Tenez, en ce moment heureux
J'ose presque former des vœux.

LOUISE.

Parlez, parlez.

LE ROI, *à part*.

Ma timidité m'abandonne,
Mes yeux osent chercher ses yeux.

LOUISE.

Eh bien?

LE ROI.

Louise, vous êtes si bonne,
Que passer mes jours avec vous
Me semblerait un sort bien doux.

LOUISE.

Quoi, vous pensiez vraiment à nous?

LE ROI, *seul*.

Oui, vraiment à vous.
C'est un penser si doux.
Sa voix douce et pure
M'émeut et me plaît,
　　Et puis sa figure;
　　Me charme en secret.

ENSEMBLE.

　　Mon cœur me l'assure;
　　Oui, cette aventure,
　　Est pour moi l'augure
　　D'un bonheur parfait.

LOUISE.

　　Ah! j'en suis sûre,
　　C'est ma figure,
　　Qu'il admirait;
　　Il paraîtrait
　　Que ma tournure
　　Fait bon effet.

(*Seule.*) Se peut-il que ma compagnie
Sire, ne vous déplaise pas?

LE ROI.

A moi? j'y trouve mille appas!
Louise, et vous, parlez, je vous en prie.

LOUISE.

Moi, fière d'un si grand honneur,
Ici, j'en bénis le seigneur.

LE ROI.

Restons ensemble, alors.

LOUISE.

　　　　Et comment faire hélas;

LE ROI.

Ma foi je n'en sais rien, mais ne nous quittons pas.

LOUISE.

Que ferions-nous?

LE ROI.

Débarrassés du rang suprême

Nous nous dirions, aime qui t'aime,
Et nous mangerions des beignets.

LOUISE.

Ah! oui, oui, mangeons des beignets.

ENSEMBLE.

Bien dorés, bien sucrés bienfaits.

LE ROI, *seul*.

Sa voix douce et pure
M'émeut et me plaît,
Et puis sa figure
Me charme en secret.

ENSEMBLE.

Mon cœur me l'assure,
Oui, cette aventure
Est pour moi l'augure
D'un bonheur parfait.

LOUISE.

　　Et j'en suis sûre;
　　C'est ma figure,
　　Qu'il admirait;
　　Il paraîtrait,
　　Que ma tournure
　　Fait bon effet.

On entend le bruit du cor et la cloche de l'abbaye.

LE ROI. C'est mon monde, sans doute.

LOUISE. Ah! mon Dieu! sire, et madame la supérieure qui n'est point prévenue... je cours... le roi!

LE ROI. Revenez bien vite, je ne vous laisse aller qu'à cette condition.

LOUISE, *sort en criant*. Le roi, le roi.

SCÈNE XII.

LE ROI, LEBEL, LE DUC DE MEILLY, LOUISE, LA SUPÉRIEURE, LA MARQUISE, Les Pensionnaires.

CHŒUR, *des jeunes filles derrière la grille, et des gens du roi dans le parloir.*

Air de *Lestocq*.

Ah! pour nous quel beau jour!
　　Quel heureux jour!
　　Dans ce séjour,
　　Que l'on s'empresse
　　　D'accourir.
　　Ah! quelle ivresse!
　　Ah! quel plaisir!

LEBEL, *au roi*. Nous aurions cherché long-temps votre majesté dans le bois.

LE DUC, *avec une révérence*. Ah ça, il faut convenir que nous aurions eu beau la chercher dans le bois, sa majesté.

LE ROI, *riant*. Je m'étais réfugié dans le cloître... messieurs!

LE DUC, *à Lebel*. Le loup dans la bergerie.

LEBEL, *au duc.* Ce n'est encore qu'un louveteau... heureusement!

LA SUPÉRIEURE, Ah! sire, pardonnez-moi de n'être point accourue plus tôt. Je n'avais point été prévenue de l'honneur que votre majesté veut bien faire à l'abbaye de Chelles.

LE ROI. C'est moi qui ai demandé qu'on ne dérangeât personne, et voici mademoiselle d'Humières qui m'a tenu bonne compagnie.

LA MARQUISE. Ma nièce?

LE ROI. Vous êtes sa tante, madame?

LA MARQUISE. Oui, sire.

LE ROI. Je vous en fait mon compliment.

LA MARQUISE. Sire, je suis trop heureuse.

LE ROI, *aux siens.* Vous m'avez cru perdu peut-être!

LE BEL. Nous étions inquiets.

LE DUC. Oh! sire, notre inquiétude était extrême.

LE ROI. Vous voilà rassurés! Jamais chasse n'a été aussi heureuse pour moi.

LE DUC, *à part.* Alors le moment est propice. (*Haut.*) Sire, permettez-vous à l'un de vos plus zélés serviteurs...

LE ROI, *à la marquise.* Est-ce que vous partez pour Paris à l'heure même, madame?

LA MARQUISE. Si vous voulez bien le permettre, sire.

LE ROI. Et comment pensez-vous y retourner?

LA MARQUISE. M. le duc de Meilly veut bien nous servir de cavalier.

LE ROI, *à demi-voix.* Ce vieux seigneur ridé comme ma grand' tante.

LE DUC. Sire... oui... c'est moi qui aurai l'honneur de conduire ces dames.

Il s'approche davantage en saluant.

LE ROI. Non, non, monsieur, ce n'est pas vous qui conduirez ces dames.

LOUISE, *à part.* Que dit-il?

LE DUC, *insistant.* Sire, j'ai l'honneur de vous assurer que c'est moi qui conduirai...

LE ROI, *vivement.* Je vous assure que ce n'est pas vous.

LOUISE, *à part.* Comme il me regarde en disant cela.

LE DUC, *étonné.* Vraiment, sire, il vous plairait de croire que ce n'est pas...

LE ROI, *cherchant.* Il me plaît de vous charger... (*Bas à Lebel en lui faisant signe d'approcher.*) Aide-moi donc à charger cet ennuyeux de quelque chose?

LEBEL, *de même.* De quoi, sire.

LE ROI, *haut au duc.* D'une commis-

sion importante. Je cherchais justement quelqu'un.

LE DUC, *à part.* Et je me trouve là, comme c'est heureux!

LEBEL, *de même au roi.* Mais où voulez-vous que je l'envoie?

LE ROI, *bas.* Envoie-le promener... où tu voudras. (*Haut.*) Lebel sait mes intentions, il va vous les expliquer... et pour que ces dames ne souffrent pas de votre absence, je les prendrai moi-même dans mon carrosse... Lebel?

Il lui parle bas.

LA MARQUISE, *à elle-même.* Moi et ma nièce dans le carrosse du roi!.. toutes ces dames les maréchales en crèveront de dépit.

LE DUC, *à la marquise.* Voilà qui prépare mon audience... le roi n'aura plus rien à me refuser...

LE ROI, *quand Lebel l'a quitté.* Madame la supérieure, je donne congé aujourd'hui à toute la communauté.

LES PENSIONNAIRES, *derrière la grille.* Ah! quel bonheur! congé! congé!

LE ROI. A revoir, M. de Meilly.

LE DUC, *à Lebel.* A revoir! encore faut-il que je sache...

LEBEL. Je vais vous dire en sortant...

FINAL.

CHŒUR.

Air : *Reprise de Leslocq.*

A Paris, à Paris,
Quittons, messieurs, ces doux abris;
Quittez... . . . .
L'heure vous/nous presse } 2 fois.
De partir;
Car le jour baisse
Et va finir.

Pendant le chœur, la marquise fait une profonde révérence à la supérieure, qui embrasse Louise une dernière fois. La jeune fille, accompagnée de sa tante, se rapproche alors de la grille derrière laquelle se tiennent ses compagnes.

LOUISE. *la musique qui continue jusqu'à la r hœur.* Adieu, mes bonnes ami

LES P RES. Adieu, Louise.

ATALA , *à Louise.* Ma bonne Louise, ne m'oublie pas.

LE ROI, *s'arrêtant.* Quelle est cette belle personne?

LOUISE. C'est Atalante de Narbonne, ma meilleure amie.

LE ROI, *à demi-voix.* Ah oui, celle qui joue si bien à cache-cache. (*Haut.*) Elle est charmante.

LOUISE. Ah! si j'osais, sire, la recommander à vos bontés.

LE ROI, *la prenant par la main et la ramenant à l'avant-scène.* Avec plaisir, à condition que vous tiendrez la promesse que vous m'avez faite tout à l'heure.

LA MARQUISE, *qui les suivait.* Quelle promesse, sire?

LE ROI, *lui offrant la main.* Nous vous vous conterons cela pendant la route, marquise... Allons, messieurs, partons.

GENTILSHOMMES *et* LEBEL.

A Paris, à Paris,
Quittons enfin ces doux abris;
L'heure nous presse
De partir;
Car le jour baisse
Et va finir.

LES PENSIONNAIRES.
Pour Paris, pour Paris,

Le roi quitte ces doux abris;
L'heure le presse
De partir;
Mais il nous laisse
Du plaisir,

LA MARQUISE, LOUISE.

A Paris, à Paris,
Quittons enfin ces doux abris;
Avec nous le roi va venir.
Ah! quelle ivresse!
Ah! quel plaisir!

LE DUC.

A Paris, à Paris,
Quittez enfin ces doux abris;
Moi pour le roi je vais courir.
Ah! quelle ivresse!
Ah! quel plaisir!

ACTE SECOND.

Le théâtre représente le salon de la vaisselle d'or. Au fond, de chaque côté de la porte à deux battans, un magnifique buffet chargé de vases précieux. Au dernier plan, à droite du spectateur, la porte de la bibliothèque. Au premier plan, une cheminée. Au dernier plan, à gauche, la porte des petits appartemens. En avant de cette porte, une table, et dessus une houlette, un chalumeau et une cage ornés de rubans et de nœuds. Entre la porte de la bibliothèque et la cheminée, un paravent plié; devant la cheminée, un guéridon.

SCÈNE I.

LEBEL, *seul.*

L'heure convenue est passée depuis longtemps... (*Il entr'ouvre la porte du fond.*) Et personne. Si ces dames tardent encore, je ne saurai plus quel moyen employer pour amuser l'impatience du roi. Voilà trois fois qu'il sonne à briser toutes les sonnettes, pour me demander : Ces dames sont-elles arrivées. Eh bien! elles n'arrivent donc pas? Je lui ai bien répondu, sire, elles ne peuvent tarder.. mais, je ne peux pas toujours lui répéter la même chose... et puis j'avais choisi le moment convenable pour que nous ne fussions pas dérangés. (*Il regarde autour de lui.*) Attendons. (*Il s'assied.*) Il faut convenir que les appartemens de sa majesté ont une singulière destination depuis quelque temps. Hier cette pièce était un véritable vestiaire; elle est encore encombrée de tous les accessoires de bergerie dont le roi a fait usage dans son rôle d'Alain. Aujourd'hui la voilà transformée à la fois en office et en salle à manger. Ce que je vois de mieux dans tout cela, c'est

que je sais me rendre utile. Indispensable... faisons en sorte que le roi ne puisse plus se passer de moi, et alors... je n'aurai pas besoin de noblesse pour avoir de la fortune et du crédit (*On entend sonner.*) Allons, le voilà encore!..(*On sonne de nouveau.*)Non, cette fois...

Il ouvre de nouveau la même porte.

SCÈNE II.

LOUISE, LEBEL, LA MARQUISE.

LEBEL. Ah! c'est vous, mesdames. Dieu soit loué; vous êtes bien en retard. Le roi qui compte les minutes a déjà demandé trois fois si vous étiez arrivées.

LA MARQUISE. Je suis bien désolée d'avoir pu faire attendre sa majesté; mais il m'a pris, à mon réveil une irritation de nerfs telle que je me suis trouvée quelque temps hors d'état de me mettre en route.

LOUISE, *en extase devant les buffets.* O les beaux vases! regardez donc, ma tante,

LEBEL. C'est ici le salon de la vaisselle

d'or... mademoiselle, nous y serons à l'abri de tous les importuns.

LA MARQUISE. Ah! M. Lebel; il faut bien que ce soit pour être agréable à sa majesté que je consente...

LEBEL. A tenir la promesse de mademoiselle ?..

LA MARQUISE. Promesse de pensionnaire étourdie !

LOUISE, rentrant en scène. Ah! je n'avais pas promis positivement...

LEBEL, à la marquise. Le roi vous avait prié avec trop de grâce pendant la route...

LA MARQUISE. Pour qu'il me fût possible de refuser, sans doute. (Par réflexion.) Eh! mon Dieu, je sais bien qu'au fond tout cela n'est qu'un pur enfantillage... mais on est si méchant... à Versailles.

LEBEL. Personne ne vous a vu. Les courtisans n'assiégent pas à l'heure qu'il est la porte des petits appartemens par laquelle vous avez été introduite; d'ailleurs, tout se passe en votre présence, sous vos yeux...

LA MARQUISE. Ah! sous mes yeux,... c'était la condition...

LEBEL, Cela ne pouvait pas être autrement, avoir toujours une demoiselle à ses côtés, ne pas s'en éloigner d'une minute, toute la prudence d'une bonne parente est là.

LA MARQUISE. N'est-ce pas, M. Lebel ?

∞∞∞∞∞∞∞∞∞∞∞∞∞∞∞∞∞∞∞∞∞∞∞∞∞∞

SCÈNE III.

Les Mêmes, LE ROI.

LE ROI, sur le seuil de la porte de la bibliothèque. Ah! enfin !..

TOUS. Le roi !

LE ROI, accourant, une poêle sur l'épaule. Vous voilà, et moi aussi. Je m'ennuyais de vous attendre.

LOUISE. Ah, Dieu! que sa majesté est drôle !

LE ROI. Avec armes et bagage.

LA MARQUISE, faisant une profonde révérence. Sire !

LE ROI, donnant la poêle à Lebel. Bonjour madame la marquise.

LA MARQUISE, à Louise. Saluez donc, mademoiselle...

LE ROI, à la Marquise. Ah! je soupirais joliment après vous, allez. Vous restez avec nous, pas vrai ?

LA MARQUISE. Oui, sire.

LEBEL, à part. A moins que nous ne trouvions quelque bon moyen...

LE ROI. Mais... qu'est-ce que vous allez faire ? vous ennuyer, peut-être...

LA MARQUISE. Ah! votre majesté peut-elle croire...

LE ROI. Si vous voulez vous amuser à lire...vous pouvez entrer dans la bibliothèque...

LA MARQUISE. Je prierai M. Lebel de m'y prendre un livre d'heures.

LE ROI. Sur la première case, Lebel, le mien,... je désire que madame la marquise le garde en souvenir.

LA MARQUISE. Ah sire! (A part.) Il est charmant !

Lebel sort.

LOUISE. Ah ça! et à votre chef d'office, qu'est-ce que vous lui donnez ?

LA MARQUISE, à part, riant. Il n'y a rien de comparable à l'audacieuse naïveté de ces petites ingénues. (Haut.) Comment, ma nièce vous vous permettez...

LE ROI, à la marquise. Elle a raison, laissez, laissez. (A Louise.) Ce que je vous donnerai? tout ce que vous voudrez, dites.

LOUISE. Dam, c'est que je ne sais pas.

LA MARQUISE, à part. Allons, à son secours. (Haut.) Demandez à sa majesté de vous promettre une de ses grâces, pour le mari que vous aurez.

LE ROI. Un mari! et pourquoi faire?

LA MARQUISE. Pour avoir le droit d'être présentée à la cour, sire, et il n'y a que les femmes mariées qui aient ce privilége.

LE ROI. Ah! bien, nous vous marierons, et quant au mari...

LA MARQUISE. Monsieur le maréchal; mon frère y a déjà songé.

LE ROI. Déjà? eh bien! je vous promets de le décorer, le jour même de son mariage.

LOUISE, naïvement. Le décorer... de quoi?

LE ROI. De la grande décoration... de... notre ordre...

LA MARQUISE.

Air : l'aud. du Charlatanisme.

En rien, vous ne dérogerez,
Ma nièce de cette manière;
Tous les époux sont décorés
Dans la famille des Humières.

LOUISE.

Pour que l'usage maintenu
Me fasse honneur auprès des nôtres;
Sire, vous voilà prévenu,
Vous traiterez c'est convenu,
Le mien de même que les autres.

LE ROI, gravement. Je vous en donne ma parole royale.

LEBEL, *rentrant*. Voici les heures que madame la marquise a demandées.

LE ROI. Maintenant, nous allons nous mettre à l'œuvre, j'espère...

LEBEL. Je ne crains qu'une chose c'est qu'avec tout cet attirail d'étoffes, et de garnitures, mademoiselle ne soit bien embarrassée...

LE ROI. C'est vrai, votre habit de pensionnaire aurait été plus commode que cette grande vilaine robe de cérémonie.

LOUISE. Ah! oui, par exemple...

LEBEL. Et puis il ne faudrait qu'une étincelle au milieu de ces guirlandes.

LA MARQUISE. Ah! mon Dieu! nous n'avons pas pensé à cela.

LEBEL, *par inspiration subite*. Il y aurait un moyen. Si mademoiselle quittait son par-dessus, on le déposerait sur le dos d'un fauteuil.

LOUISE. C'est ça.

LE ROI, *faisant passer Louise du côté de sa tante*. Ça sera bien plus gentil, d'abord.

LEBEL. L'étoffe ne courra pas risque d'attraper des taches, et la guirlande ne craindra pas le feu de la cheminée.

LE ROI. Ce Lebel est un homme universel, il sait pourvoir à tout... jamais tu ne t'éloigneras de ma personne.

LEBEL. Est-ce que madame la marquise ne peut venir à bout...

LE ROI, *vivement*. Voulez-vous que je vous aide...

LA MARQUISE. Votre majesté est beaucoup trop bonne. C'est la quantité d'épingles et de nœuds... voilà qui est fait... (*A Louise.*) Laissez donc un peu aller vos bras...

Elle tire les manches et donne la robe à Lebel qui la dépose sur un siége.

LOUISE, *se regardant*. Ça me semble tout singulier de me trouver ainsi devant...

LE ROI, *interrompant*. Au moins... vous n'êtes plus comme dans une gaîne... vos mouvemens seront plus libres...

LEBEL, *poussant un fauteuil à l'opposé de la cheminée*. Voici un fauteuil pour madame la marquise, la fleur d'orange pour mademoiselle, la poêle pour sa majesté.

LE ROI. C'est bon, c'est bon.

LEBEL. Je peux retourner à mon poste d'observation... vous saurez bien...

LE ROI. Ne t'inquiète pas...

LOUISE. Je sais tout cela mieux que vous, M. Lebel.

LE ROI. Sans doute, puisque c'est son talent.

LEBEL. A la bonne heure. S'il survient quelque incident de votre côté, vous avez la sonnette; si c'était du mien, je gratterais à la porte pour vous prévenir.

LE ROI C'est convenu.

Lebel sort.

SCÈNE IV.
LA MARQUISE, LOUISE, LE ROI.

LE ROI, *à Louise*. A nous deux, maintenant...

LA MARQUISE, *assise, les yeux sur son livre*. Ils vont commencer... allons! ce n'est que patience à prendre...

LE ROI, *à Louise à demi-voix*. Qu'est-ce que la marquise marmotte donc tout bas?

LOUISE. Ses prières, sans doute.

LE ROI, *prenant un tabouret*. Ah! bien, madame la marquise, pendant que vous êtes en train, priez pour que notre cuisine soit bonne, vous en aurez votre part, et la première.

LA MARQUISE. Sire, c'est beaucoup d'honneur.

LE ROI, *plaçant le tabouret devant la cheminée*. Je vais descendre la jatte, d'abord.

Il monte sur le tabouret.

LOUISE. Sire, prenez garde de vous laisser cheoir, et de me jeter l'écuelle avec ce qu'elle contient sur la tête.

LE ROI. Non, mademoiselle, je suis solide sur mes jambes. (*Avant de prendre le vase, il y trempe le bout du doigt qu'il porte à sa bouche.*) Oh! ce sera excellent!

LOUISE. Quand il y aura du sucre...

LE ROI, *lui mettant avec son doigt un peu de crème sur le bout du nez*. On en mettra.

LOUISE. Ah! bien, sire, ce n'est pas de jeu...

La marquise les examine.

LE ROI, *à demi-voix*. Ah! voyons, ne grondez pas, votre tante nous regarde.

LOUISE, *avec une petite moue rieuse*. Écoutez donc aussi.

LE ROI. Je vous promets que je ne le ferai plus.

LOUISE. A la bonne heure.

LA MARQUISE, *à elle-même*. Ce sont de véritables enfans.

LOUISE. Voyons, passez-moi donc la jatte, et descendez.

Au moment où le roi va la prendre, on frappe à la porte. Les trois personnages en scène prêtent l'oreille avec surprise. Louise, les mains étendues vers Louis XV; Louis, un œil en l'air sur le tabouret, tenant la jatte, la marquise à demi-soulevée, Lebel la tête passée par un battant de la porte qu'il entr'ouvre.

LA MARQUISE, *se levant tout-à-fait.* Ah! mon Dieu!

SCÈNE V.

Les Mêmes, LEBEL.

LEBEL, *entre et retire la porte sur lui.* Nous sommes perdus!

LE ROI. Eh bien, qu'est-ce qu'il y a?

LEBEL. Il y a que le retard involontaire de madame la marquise a tout dérangé.

LE ROI, *laissant la jatte aux mains de Louise.* Pourquoi?

LEBEL. Voilà les gentilshommes de service et le capitaine des gardes qui viennent prendre l'ordre de la bouche de sa majesté.

LE ROI, *sautant à bas du tabouret.* Oh! là, là! quel ennui!

Louise pose la jatte sur le guéridon.

LEBEL. Sans compter que le duc de Meilly a promesse d'une audience particulière, avant le conseil.

LA MARQUISE et LOUISE. M. de Meilly!

LE ROI. Je n'ai pas le temps.

LEBEL, *au roi.* Il faut recevoir les gentilshommes, ainsi une minute de plus ou de moins.

LE ROI. Mais comment faire?

LA MARQUISE. Louise ne peut s'en aller sans robe. Il y en a pour un quart-d'heure à l'habiller.

LEBEL, *tout en développant le paravent pour cacher les préparatifs.* Et nous n'avons pas trois minutes.

LE ROI. Qu'elle passe pour un moment derrière l'estrade de la vaisselle.

LEBEL. Sa majesté a raison.

LA MARQUISE, *à Louise en la poussant.* Mais allez donc, elle reste là...

LOUISE. Et ma robe?

LEBEL. On n'y fera pas attention.

LE ROI, *à lui-même.* Dieu bénisse l'occasion, je vais pouvoir me débarrasser de cette malencontreuse tante.

LA MARQUISE, *revenant en scène.* Et moi?

LEBEL. Vous avez la robe de cour, vous êtes en audience.

LA MARQUISE. C'est juste.

LE ROI. Faites entrer.

Lebel va ouvrir la porte des appartemens, la marquise reste debout.

SCÈNE VI.

LE ROI, LA MARQUISE, LE DUC DE MEILLY, Les Gentilshommes de la Chambre, qui viennent par la porte des grands appartemens, LOUISE, *cachée.*

CHŒUR..
Air de Farinelli.

Nous accourons, suivant l'antique usage,
Demander l'ordre et présenter nos vœux,
Au jeune roi, qui dès la fleur de l'âge
Par ses vertus présage un règne heureux.

LE ROI, *après le salut des gentilshommes.* Messieurs, je suis à vous. (*A la marquise.*) Oui, madame la marquise, vous savez tout l'intérêt que nous portons à ce qui regarde votre famille, je vous prie de nous mettre souvent à même de vous le rappeler.

LA MARQUISE. Qu'est-ce que cela signifie?

LE ROI, *présente la main à la marquise et la fait passer devant lui.* Lebel, faites reconduire madame la marquise.

LA MARQUISE, *étonnée.* Mais, sire, ma nièce!

LE ROI. Nous aurons toujours beaucoup de plaisir à vous recevoir.

Il tourne les talons et va se placer au milieu du groupe des gentilshommes.

LA MARQUISE, *entraînée par Lebel.* Mais a-t-on jamais vu.... je ne puis laisser cette enfant!..

LEBEL. Elle n'est pas perdue, vous reviendrez après le départ de ces messieurs.

Elle disparaît.

LE ROI, *aux gentilshommes.* Rien de nouveau, messieurs.

LE DUC, *resté au fond.* Le roi à l'air content, je serai bien reçu, je m'y attendais.

LE ROI. Je vous préviens seulement que des affaires pressées, inportantes qui regardent le bien-être et la prospérité de l'état... m'obligent à rester un moment seul, c'est un travail.

LEBEL, *à lui-même.* Un travail de beignets.

LE ROI Qu'il faut que j'achève, qui ne saurait souffrir de retard.

LEBEL, *de même.* Sous peine de laisser la pâte s'aigrir.

LE ROI, *à son monde.* Nous nous reverrons messieurs. (*Les congédiant de la main.*) A l'issue du conseil.

CHŒUR.

Nous reviendrons suivant l'antique usage,
Demander l'ordre, et présenter nos vœux;

Au jeune roi, qui, dès la fleur de l'âge,
Par ses vertus présage un règne heureux.

Ils s'éloignent.

SCÈNE VII.

LE ROI, LEBEL, LE DUC.

LE DUC. Sire, je viens...

LEBEL, *à lui-même.* Oui, bien à propos.

LE DUC. Je viens...

LE ROI, *brusquement.* Et moi, j'attends, monsieur.

LE DUC, *surpris.* Ah! pardon, sire... (*A part.*) il a l'air de bien mauvaise humeur.

LE ROI, *de même.* Eh bien?

LE DUC, *tâchant de prendre l'air riant.* J'espère que sa majesté a été satisfaite, si elle était en appétit ce matin? d'abord ces melons verts ont un parfum... une saveur particulière.... et je l'avais choisi moi-même.

LE ROI, *étonné.* Comment, ce melon vert, c'est vous, monsieur le duc.

LE DUC. Vous m'aviez envoyé, daignez vous souvenir, d'après les instructions de Lebel.

LE ROI, *se tournant vers Lebel qui lui approche un fauteuil.* Lebel est un sot.

LEBEL, *à demi-voix.* Je l'aurais envoyé en Chine, pour m'en débarrasser.

LE ROI, *au duc, en s'asseyant.* Il y a erreur, monsieur, il a confondu, ce n'est pas l'office d'un homme de votre sorte d'aller chercher un melon...

LE DUC. Oh! dans la primeur, sire... et puis le désir de plaire à votre majesté; d'ailleurs il n'y a rien de désobligeant à descendre d'équipage un melon sous le bras... les curieux se demandent : Tiens, monsieur le duc de Meilly! où va-t-il donc avec son... vous daignez concevoir! Et puis les conjectures...

LE ROI, *gracieux.* Est-ce là tout ce que vous aviez à me dire.

LE DUC, *à part.* Tout! il ne me remercie même pas... (*Haut.*) Tout ce qu'il m'a été donné de faire pour votre service particulier, oui, sire, mais pour le service de l'état, c'est autre chose... il y a quarante ans, sept mois et sept jours que je sers l'état.

LE ROI, *à lui-même, en jetant les yeux vers le buffet où est cachée Louise.* Comme elle doit être mal à son aise.

LE DUC. Oui, sire, oui, j'ai été quelque fois bien mal à mon aise; particulièrement le jour... non, c'était une nuit, nous étions au camp tout auprès de Valenciennes.

LE ROI. Nous sommes à Versailles, monsieur le duc, revenez-y donc, s'il vous plaît.

LE DUC. C'est juste, sire...

LE ROI. Donnez-moi votre placet, monsieur.

LE DUC. Le voilà, sire, le voilà.

LE ROI. Eh bien! c'est bon, c'est bon, M. de Meilly, je recommanderai votre affaire à monsieur le duc; il vous portera sur la liste des lieutenans-généraux, à la première occasion.

LE DUC, *avec un respect ironique.* Des lieutenans-généraux, vraiment, sire; il n'aura pas grand peine; car j'y suis déjà.

LE ROI. Vous y êtes.

LE DUC. Et parmi les plus vieux, puisque j'ose prétendre par ancienneté au bâton de maréchal, ou tout au moins au collier de l'ordre, et monseigneur le régent qui se connaissait en hommes, m'a deux fois promis ce titre en votre présence.

LE ROI. Je ne me le rappelle pas.

LE DUC. Ce n'est pas étonnant, car je dois à la vérité de dire que votre majesté était encore en jaquette.

LE ROI. Aujourd'hui, monsieur, j'en suis fâché, mais j'ai promis au premier ministre de ne faire ni maréchaux, ni chevalier de l'ordre avant les fêtes de mon mariage; d'ici là...

Il tourne le dos et tire le cordon d'une sonnette.

LE DUC, *le regardant faire.* D'ici là, le roi l'âne ou moi, nous mourrons, faites-vous donc écharper, voilà la récompense... (*Il prend l'inflexion du roi.*) Monsieur le duc, j'en suis fâché! Monarque ingrat!

Lebel au bruit de la sonnette s'est approché. Le duc après une salutation profonde suit le valet de chambre jusqu'à la porte, et lorsqu'il se retourne pour faire une dernière salutation à sa majesté, accroche en passant la robe de Louise et l'entraîne sur le tapis.

LE ROI, *à demi-voix.* Ah mon Dieu!

LEBEL, *qui s'est retourné.* M. le duc! M. le duc!.. eh bien! eh bien! arrêtez donc... ah bien oui. (*Il retient violemment la robe, l'éperon du duc qui continue sa route entraîne et emporte après lui la guirlande de la robe déchirée.*) Vieille perruque!

SCÈNE VIII.

LEBEL, LE ROI, LOUISE.

LE ROI. Il a fait là un beau chef-d'œuvre.

LOUISE *qui est rentrée pendant ces derniers mots.* Enfin, il est donc parti. (*Apercevant sa robe déchirée dans les mains de Lebel.*) Ah! ma pauvre robe!.. (*Elle se regarde.*) mon Dieu, que devenir! Je ne peux pas traverser les cours et les escaliers du château de Versailles...

LEBEL. En jupon court et les bras nus...

LE ROI. Certainement.

LEBEL. Je vais faire prévenir madame votre tante, elle vous apportera une autre robe.

LOUISE. Oui, mais en attendant?

LE ROI, *à demi-voix.* Vous resterez avec moi.

LOUISE. Avec vous?

LE ROI. Ne m'avez-vous pas tenu compagnie hier à Chelles, je peux bien en faire autant à Versailles.

LEBEL. Et le conseil?

LE ROI. Je n'irai pas. Fais donner contr'ordre... je suis... j'ai... enfin, une indisposition subite.

LEBEL. Mais, cependant...

LE ROI. Cependant, cependant, si je suis malade, il faudra bien qu'on le tienne sans moi.

LEBEL. C'est juste.

LE ROI. Laisse-nous.

Lebel sort.

SCÈNE IX.
LE ROI, LOUISE.

LE ROI, *à Louise restée à l'écart.* Eh bien! Louise, c'est pourtant ce maladroit de vieux duc... ô! je ne veux pas le maudire, car c'est à lui que je dois de me trouver avec vous un moment tout seul. (*Il se rapproche.*) Et c'est si bon!

Il reste en extase devant elle.

LOUISE, *embarrassée et rompant tout-à-coup un moment de silence.* Sire... en attendant le retour de Lebel, si nous faisions nos beignets.

LE ROI. Vous croyez, Louise...

LOUISE. Dam! nous ne sommes ici que pour ça.

LE ROI. C'est vrai. (*à part.*) Il faut dire comme elle...

LOUISE. Eh bien! vous restez là... prenez donc le tabouret pour vous asseoir..... (*Elle lui donne le soufflet.*) Et soufflez..... après cela, vous prendrez la queue de la poêle.

Elle prend un coussin qu'elle place devant le feu.

LE ROI, *soufflant.* Pourquoi faire cela?

LOUISE. Pour mettre sous mes genoux. (*Lui ôtant le soufflet.*) C'est assez comme ça... vous voyez bien que ça flambe.

LE ROI, *distrait.* Oui, je vois...

LOUISE, *lui présentant la poêle.* La poêle, à présent.

LE ROI. C'est commode d'avoir comme ça les mains embarrassées...

LOUISE, *allant prendre la jatte sur le guéridon.* Eh bien! mais qu'est-ce que vous voudriez donc en faire de vos mains... Voilà comme on lie la pâte pendant que la friture chauffe...(*Elle s'arrête et le regarde.*) Ah! ça, mais à quoi pensez-vous donc?

LE ROI, *distrait et rêveur.* C'est drôle... c'est que ce ne sont plus du tout les beignets qui m'occupent.

LOUISE, *devant la cheminée.* Ça frémit déjà, voyez... je suis sûre que c'est bien chaud.

LE ROI. Je vais voir... (*Il trempe son petit doigt.*) Aïe, aïe, aïe!.. j'ai le petit doigt frit!

LOUISE. Ah! mon Dieu!.. aussi, a-t-on jamais vu!..

LE ROI, *secouant sa main.* Oh! ça ne sera rien, jetez un peu de pâte... (*Louise exécute.*) Hein? voyez comme ça prend...

LOUISE. Ça va être fait tout de suite.

Elle met un à un les beignets dans la poêle.

LE ROI. C'est ça, allez donc! allez donc encore... encore... toujours... Ah!

LE ROI, *ôtant la poêle de dessus le feu.* Hein! sont-ils bien dorés!.. Il faut les tirer tous pour n'y plus revenir.

LOUISE, *les arrangeant sur une assiette.* Ah! j'espère...

LE ROI. C'est fini...

Il abandonne la poêle.

LOUISE. Tout à fait... le plat sur la table...

Elle le pose sur le guéridon.

LE ROI, *approchant son tabouret.* Et moi, à côté de mon petit chef d'office.

LOUISE, *prenant un autre tabouret pour elle.* Dépêchons-nous...

LE ROI. Oui, d'abord, faut que ça soit fait, avant que personne ne vienne.

LOUISE, *le servant.* Goûtez celui-là, d'abord.

LE ROI. Roulez donc dans le sucre, beaucoup de sucre.

LOUISE. Oui, oui, tenez et prenez garde de vous brûler.

LE ROI. Pas celui-là. (*Il enlève celui que Louise portait à sa bouche.*) En voilà un succulent.

LOUISE. Eh bien, eh bien! mais voyez donc. Je le tenais, monsieur.

LE ROI. Vous l'avez lâché, mademoiselle.

LOUISE, *innocemment.* Je n'irai pas me battre avec vous, pour le ravoir; mais c'est bien vilain, M. Louis XV.

LE ROI. Ah! d'abord, moi, je ne sais pas jusqu'où j'irais prendre ceux qui me semblent les meilleurs.

LOUISE. Mais est-il friand ce roi de France.

LE ROI. Friand comme tout... et de tout.

Il se penche vers elle et l'embrasse sur le col. Louise honteuse se lève, et se retire vivement.

LOUISE. Je ne sais pas.

LE ROI. Elle tremble aussi, ça me rassure un peu.

LOUISE, *regardant partout.* Mon Dieu! ma tante sera-t-elle bien long-temps.

LE ROI. Savez-vous que c'est mal, ce que vous dites là; vous trouvez le temps long avec moi.

LOUISE. Je ne dis pas cela, mais enfin si quelqu'un venait!

LE ROI. Je n'y serai pour personne...

LOUISE. Mais, ma tante, sire.

LE ROI, *avec dépit.* Sire, sire! jamais ce mot que j'entends à toutes les heures ne m'a semblé fatigant comme aujourd'hui... je ne vous dis pas mademoiselle, moi.

LOUISE. Oh! c'est bien différent!

LE ROI. Votre nom Louise, m'est venu tout de suite... pourquoi ne diriez-vous pas...

LOUISE. Traiter un roi, comme...

LE ROI. Comme un ami, comme un frère.

LOUISE. C'est impossible; le respect...

LE ROI. Savez-vous que c'est bien ennuyeux le respect! et puis si je ne veux pas que vous me respectiez?

LOUISE. Comment, voulez-vous que je me permette...

LE ROI. Ah! je vois ce que c'est, oui. C'est mon bel habit qui vous offusque, parce que vous n'avez pas le vôtre.

Il fait le mouvement d'ôter son habit.

LOUISE, *le retenant.* Ah! mon Dieu, mon Dieu! que voulez-vous faire?

LE ROI. Moi, Louise, pour vous plaire, pour vous mettre à l'aise, j'ôterais mes décorations, mes broderies, ma couronne, alors, plus de distance: Ainsi vêtue, vous avez l'air d'une bergère, je deviendrais votre berger... et nous parlerions de tendresse.

LOUISE. De tendresse!

LE ROI. Ça se passe comme ça à l'Opéra: connaissez-vous l'Opéra?

LOUISE. Oh! il nous était bien défendu!

LE ROI. Et on vous laissait jouer la comédie! d'ailleurs à Versailles, toute la cour y va.

LOUISE. Toute la cour!..

LE ROI. Et c'est très joli, très amusant. Pas les grands opéra, mais les opéra villageois. J'en ai joué un, hier, dans les petits appartemens...

LOUISE. Vous avez joué vous-même?

LE ROI. Oui, une pastorale... La cage et l'oiseau, ou le fossé franchi.

LOUISE. Ah! je connais!

LE ROI. En vérité?

LOUISE. C'est-à-dire, je ne connais pas; mais, Atalante, ma bonne amie du couvent, avait vu cet opéra. Je ne sais pas ce qu'elle n'avait pas vu...

LE ROI. Ah! oui, elle avait été dans le monde.

LOUISE. Et dans ses momens de gaîté, elle nous donnait, bien en cachette de la supérieure, des représentations... elle nous faisait faire les bergères, parce qu'elle gardait toujours pour elle le berger.

LE ROI. Eh bien, il n'y aura rien de changé, je prendrai son rôle, et vous...

LOUISE. Jouer avec un roi!..

LE ROI. Quand on a mangé des beignets avec lui, on peut bien...

LOUISE. Je n'oserai jamais...

LE ROI. Je t'en prie à mains jointes. (*Il la prend par les deux mains, elle résiste encore.*) Et si vous ne voulez pas de bonne grace, eh bien, oui, je suis roi, et je vous l'ordonne, mademoiselle d'Humières. (*Il rit.*) Ah! ah! ah! je connais mes droits. (*Gracement.*) Le duc de Villeroy, mon gouverneur, me l'a dit un jour, que du haut d'un balcon je regardais la foule assemblée. « Vous voyez bien tous ces gens-là, sire, ce sont vos sujets, vous êtes leur maître, tout cela est à vous; et vous avez dans votre royaume vingt-cinq millions d'ames qui vous appartiennent de la même manière. » S'ils sont tous mes sujets, vous êtes ma sujette aussi, s'ils m'appartiennent, vous m'appartenez, car je suis votre maître... (*Vivement.*) et je veux que tu joues une scène avec moi.

Air de l'Angelus.

De commander j'ai le pouvoir.

LOUISE.

Mais, votre ordre peut-il s'étendre
À m'enjoindre de le savoir?

LE ROI.

Oui, puisque je vais vous l'apprendre.

A part. Pourvu que je sache m'y prendre...
Haut. Si je m'y prends mal, il est bon
Que vous sachiez, ma chère amie,
Que c'est la première leçon
Que j'aurai donné de ma vie. *Bis.*

Décidément, je ne peux pas faire un berger avec mon habit brodé...

LOUISE. Comment, sire, vous allez...

LE ROI, *follement.* Non, pas sire... j'ai des grandeurs par-dessus la tête... je fais assez le roi tous les jours. Pour une fois... (*Il ôte son habit.*) Là!.. décidément, c'est beaucoup mieux!

LOUISE. Je ne sais pas si j'irai en mesure.

LE ROI. C'est égal, si ça ne va pas bien la première fois, nous recommencerons... vous savez que c'est au coucher du soleil... vous gardez les agneaux, et moi des brebis dans la vallée de... je ne sais plus... Il y a un fossé qui sépare les deux prairies, et que je n'ai pas osé franchir... (*Il regarde autour de lui.*) Qu'est-ce donc qui fera le fossé?.. Ah! les bergères ne portent pas de collerette... (*Il l'enlève.*) La vôtre... voilà le fossé.

Il l'étend sur le tapis.

LOUISE. Mais...

LE ROI. Voyons, suivez donc bien... si vous m'interrompez toujours nous n'en finirons jamais.

LOUISE. Ne vous fâchez pas, je vous écoute.

LE ROI. Attention! je suis caché sous le feuillage avec le vieux berger Palémon, qui me dit en s'en allant :

Ah! tu cherches Nicette, elle est bien désolée!
Car, en courant après ses agneaux, ce matin,
La belle a, par mégarde, oublié son serin.
La cage était ouverte, il a pris sa volée.
C'est qu'elle en pleure à se faner le teint!
Il était si privé son beau petit serin...
Vois, elle court après, sous la coudrette.
Ah! mon petit berger, si j'avais tes vingt ans,
De moineau, la bergerette
Ne manquerait pas long-temps!

Voilà votre houlette et votre cage...(*Il lui montre la table où ces objets sont déposés.*) Ah! et mon chalumeau que j'oubliais, c'est avec ça que je dois vous charmer... (*Il le prend.*) Allons, commençons... Eh bien, voyons, allez donc vous promener sur le penchant de la colline.

LOUISE. Mais il n'y a pas de colline.

LE ROI. Et le fauteuil donc!

LOUISE. Ah! c'est vrai!

LE ROI. Attention à la pantomime.

(*Pantomime.*)

Louise sort, et rentre sur l'air : *Petits oiseaux...* elle va pour donner à manger à son serin, regarde la cage qu'elle trouve vide, à cet aspect, elle parcourt éperdue le côté du théâtre qui est séparé par la collerette, sur l'air : *J'ai perdu mon couteau.* Puis, elle va s'asseoir sur le fauteuil.

LE ROI, *derrière le paravent.* J'écarte l'épais feuillage.

Il arrive sur l'*air d'Haydn.* Il joue du chalumeau. Louise, oubliant son rôle, se retourne brusquement de son côté, et l'écoute.

LE ROI. Non, non, pas encore...

LOUISE. Ah! c'est vrai.

LE ROI. Vous avez l'air de ne pas m'entendre, mais vous regardez en dessous.

LOUISE. Comme ça?

LE ROI. Oui... j'avance petit à petit jusqu'au bord du fossé.

LOUISE. Prenez garde, au bout du fossé...

LE ROI. Nous verrons.

Il joue l'air : *Écoute-moi, je t'en supplie* (de Picaros et Diégo). Louise mime sur l'air : *Non, je ne veux pas chanter.* Le roi continue l'air : *Écoute-moi.* Louise répète : *Non, je ne veux pas chanter.* Le roi frappe du pied avec impatience sur la dernière note, s'arrête tout à coup à une idée qui lui vient, et prend à sa ceinture une fleur qu'il offre sur l'air : *D'un bouquet de romarin.* Louise refuse. Il jette son bouquet avec dépit. Louise va prendre sa cage, la fait voir ouverte et vide, et la dépose à côté de la collerette qui sert de fossé, pendant que l'orchestre joue : *J'ai perdu mon Eurydice.* Le roi comprend; il se frappe le front, regarde autour de lui, disparaît un moment sur l'air : *Je ne sais quel trouble m'agite*, et revient mystérieusement, avec un oiseau qu'il cache et qu'il caresse. Louise cherche vainement à voir ce que tient le berger, pendant l'air : *Ah! le bel oiseau vraiment.* Alors, le berger arrivé au bout du fossé découvre sa surprise. Nicette qui veut le serin, mime à mains jointes et presque à genoux, pendant que la musique exécute : *Ah! ma charmante Isabeau, prête-moi ta cage pour mon oiseau.* Refus du roi, qui fait le geste d'un baiser sur l'air : *Un baiser pris d'avance.*

DUO.

Musique d'Adam. (des Compagnons de Henri V.)

LOUISE.

Y pensez-vous?

LE ROI.

Oui, Nicette, j'y pense,
Il me faut un baiser si tu veux cet oiseau.

LOUISE.

Oh! non; maman, m'a toujours fait défense
D'en accorder aux bergers du hameau.

LE ROI.

Qui nous verra, lorsque sous la coudrette,
L'ormeau nous cachera de sa feuille discrète!

ENSEMBLE.

LE ROI.

Donne-moi la douce récompense
Dont l'espoir charme mon cœur épris,
Un baiser que je prendrai d'avance;
Tu n'auras mon cadeau qu'à ce prix.
D'où te vient tant d'effroi...
Je suis seul avec toi...

LOUISE.

D'un ruban, demain, avant la danse,
Je promets d'orner tes beaux habits,
Mais, donner un baiser à l'avance,
Mon Lycas tu n'auras pas ce prix.
Laisse-moi, laisse-moi
Je palpite d'effroi!

LOUISE.

Si l'on nous guette.

LE ROI.

Ne crains rien...

LOUISE.
Tu me perdras!

LE ROI.
Pris en cachette
Un baiser ne s'entend pas,

ENSEMBLE.

LE ROI.
Donne-moi la douce récompense, etc.
Je le veux mon baiser!
Pourquoi le refuser?

LOUISE.
D'un ruban, demain, avant la danse, etc,
C'est à toi de céder,
Je dois te refuser.

LOUISE, *seule, présentant la cage,*
L'oiseau d'abord, je le veux.

LE ROI, *l'embrassant, après avoir donné l'oiseau.*
Je le tiens, je suis heureux.

LE ROI.
O quel bonheur!
Presse-toi sur mon cœur.
O bonheur!

LOUISE.
O quel bonheur!
Je le tiens sur mon cœur,
O bonheur!

SCÈNE X.

LE ROI, LOUISE, LEBEL.

LEBEL, *qui est entré à petit bruit, les regarde un moment et tousse. Louise effrayée pousse un cri, s'arrache des bras du roi, ramasse sa collerette, et répare comme elle peut le désordre de sa toilette. Sa majesté a trop chaud, à ce qu'il paraît, elle s'est mise à son aise comme un bon bourgeois.*

LOUISE. Ah! Lebel... et ma tante?

LEBEL. Taisez-vous, mademoiselle.... elle est là!.. et M. le duc de Meilly de ce côté.

LOUISE. Grand Dieu!

LEBEL, *au roi.* Le bruit de votre indisposition a mis en émoi toute la cour, les grands et les petits appartemens sont encombrés.

LE ROI. Que faire!.. mon habit, mon habit!..

LOUISE, *troublée.* Et moi, dans tout ceci?..

LEBEL, *présentant l'habit au roi.* Calmez-vous... l'escalier dérobé de la bibliothèque conduit jusqu'aux chambres des femmes.

LE ROI, *étonné.* Ah!

LEBEL, *bas.* C'est par là que votre aïeul, Louis XIV montait chez mademoiselle de la Vallière.

LE ROI. Je l'ignorais... mène-la donc vite, ou plutôt je la conduirai moi-même...

ne craignez rien, venez... Pauvre Louise, elle est toute tremblante.

Lebel se hâte de replacer le paravent devant la cheminée, pendant que la marquise s'écrie du dehors : M. Lebel! M. Lebel!

LEBEL. Je suis à vous, madame la marquise.

Il va ouvrir,

SCÈNE XI.

LEBEL, LA MARQUISE.

LA MARQUISE. Ah, Lebel, ah c'est affreux! me laisser là, depuis le temps, lorsque vous deviez comprendre mon inquiétude... et ma nièce, la pauvre enfant...

LEBEL. Madame la marquise, ce n'est pas ma faute... *(A part.)* Si je sais que lui dire.... *(Haut.)* L'indisposition du roi.

LA MARQUISE. L'indisposition... mais ma nièce dans tout cela.... qu'est-elle devenue!

LEBEL. C'est que vous ne savez pas comme moi, ce qui est arrivé...

LA MARQUISE, *désolée.* Ah! Lebel, disiez-vous, ne pas quitter une jeune fille, toute la prudence d'une bonne parente est là.

LEBEL. Sans doute.... mais, il est des circonstances...

LE ROI, *en dehors.* Eh bien, fais ton rapport! je prends tout sur moi.

LEBEL. Ah! voilà M. le duc de Meilly, qui pourra vous en donner des nouvelles des circonstances et mieux que personne.

LA MARQUISE. Pas un mot.

Lebel sort.

SCÈNE XII.

LA MARQUISE, LE DUC.

LE DUC. Ah, vous voilà madame la marquise! que j'ai donc été bien inspiré de pousser encore une fois jusqu'au château... je tremblais que vous ne fussiez repartie pour Paris, avant que j'aie eu l'honneur de faire ma cour à votre gracieuse nièce.

LA MARQUISE. Plus moyen de s'en débarrasser.

LE DUC. Où est-elle donc, mademoiselle d'Humières, que je ne la vois pas auprès de vous?

LA MARQUISE. Dès que je suis ici, vous devez croire qu'elle n'est pas loin.

LE DUC. Oh! je le pense... *(Aspirant l'air.)* Tiens! c'est singulier comme ça sent un drôle de goût, dans l'appartement du roi, aujourd'hui, une odeur d'office, vous ne trouvez pas?

LA MARQUISE. Non.

LE DUC. Eh bien, ça m'a saisi tout de

LA MARQUISE. Vous êtes fou !

LE DUC, riant. Non, mais, je vais vous conter une bonne folie et qui va vous faire rire un moment.

LA MARQUISE. Tant mieux! que vous est il donc arrivé?

LE DUC. Ah! marquise, une chose incroyable inouïe et prodigieusement drôle; regardez...

Il tire une guirlande de fleurs de sa poche.

LA MARQUISE, à part. La garniture de robe de ma nièce, qu'est-ce que cela veut dire?

LE DUC. Vous ne comprenez pas, cette guirlande tenait à une robe.

LA MARQUISE. Saurait-il...

LE DUC. Cette robe, (Il la voit.) eh, pardieu, tenez, elle est encore là...

LA MARQUISE, à part. Il me fait mourir! (Haut.) Enfin, cette garniture, comment se trouve-t-elle entre vos mains? qu'est-ce que vous avez fait?

LE DUC. Ce que j'ai fait! il me semble que c'est pourtant bien clair.

LA MARQUISE, à part. Il me donne mal au nerfs.

LE DUC. Dès qu'il y a une robe sans femme, il doit y avoir une femme sans... pas vrai que c'est clair? eh bien, après mon audience, je me disposais à prendre congé de de sa majesté, lorsqu'en m'inclinant profondément, avec tout le respect dû à la personne du monarque, un de mes éperons s'embarrasse dans la garniture de robe d'une charmante personne qui, sans doute, était cachée derrière ce meuble.

LA MARQUISE. Et vous avez vu?

LE DUC. J'aurais bien voulu voir, je n'aurais pas emporté avec mes éperons... (Il montre la guirlande.) jusqu'à la grande salle... et il y avait foule... me voyez-vous, traînant étoffe et fleurs qui se déroulaient derrière mes talons comme un serpent à sonnettes.

LA MARQUISE, à part. Ah, mon Dieu! mon Dieu! (Haut.) Quel besoin aviez-vous d'aller vous jeter à travers tout ce monde.

LE DUC. Ce n'est pas ma faute. Quand j'ai remarqué aux éclats de rire ce dont il s'agissait, j'ai voulu me dérober aux quolibets, sans dire gare; en mettant le tout dans ma poche... ah bien oui! tous couraient après moi... monsieur le duc, une fleur, mon cher duc, donnez-moi donc une petite fleur...

LA MARQUISE. Ah!.. c'est épouvantable!

LE DUC. Enfin, l'aventure a fait ce qui s'appelle rumeur à l'œil-de-bœuf.

LE MARQUISE, à part. O les courtisans ! les courtisans maudits !

LE DUC. Est-ce que ce serait la petite comtesse qui a fait tant de mines au dernier cercle, disait Montmorin...—Bah! disait Coigny, le roi ne l'a pas même regardée... c'est plutôt cette marquise aux grands yeux languissans... elle a eu beaucoup de succès...—vous n'y êtes pas, vous n'y êtes pas du tout, messieurs, s'est écrié Chavannes, je parie pour l'une de nos jeunes et naïves demoiselles fraîchement débarquées.

LA MARQUISE, à part. C'est à en devenir folle! (Haut.) Livrer inconsidérément, jeter comme pâture à la malignité publique, des noms respectables... calomnier la vertu la plus pure.

LE DUC. La vertu... ah ! ah ! ah !..

LA MARQUISE. L'innocence du roi.

LE DUC, riant plus fort. L'innocence d'un roi de seize ans avec une vertu sans colerette...

LA MARQUISE, hors d'elle-même. M. le Duc, vos suppositions sont affreuses...

LE DUC, étonné. Ah ça! mais vous y mettez une chaleur!..

LE ROI, sur le seuil de la porte de la bibliothèque. Madame la Marquise a raison, M. le Duc.

LA MARQUISE et LE DUC. Le Roi !

SCÈNE XIII.

LA MARQUISE, LE DUC, LE ROI.

LE ROI, gravement. Vous êtes bien téméraire dans vos jugemens.

LE DUC, avec confusion. Me voilà disgracié, perdu...

LA MARQUISE, bas au roi. Ayez pitié de mon inquiétude, sire.

LE ROI, de même. Silence! (D'un ton sévère.) M. le Duc...

LE DUC, courbé jusqu'à terre. Ah, sire, je ne chercherai pas à me justifier... Je sens combien je suis coupable... je confesse mon crime...

LE ROI. Vous ne ménagez personne, à ce qu'il paraît.

LE DUC. Ah, sire, je ne sais où j'avais la tête aujourd'hui ! Quoique votre justice royale ordonne de mon sort, je serai trop heureux de m'y soumettre aveuglément.

LEBEL, entrant avec les gentilshommes. Les compagnies rouges sont réunies... et les derniers ordres de Sa Majesté sont exécutés...

LE ROI. C'est bien.

SCÈNE XIV.

Les Mêmes, LEBEL, Gens de la Cour.

LE ROI. On nous a fait part, messieurs, de vos alarmes au sujet de notre indisposition de ce matin, nous voulons vous en témoigner notre gratitude, en vous annonçant que les promotions faites pour le jour de ma majorité seront proclamées aujourd'hui même, en présence des compagnies. (*Au duc.*) Quant à vous, M. le duc.

LE DUC, *à part.* Il me gardait pour la bonne bouche.

LE ROI, *le regardant en face.* J'ai un compte à régler avec vous.

LE DUC. Nous y voilà.

LE ROI. Pour réparer le tort de nos prédécesseurs qui vous ont fait beaucoup attendre...

LE DUC. Il se moque de moi, devant toute la cour, il ne manquait plus que cela.

LE ROI. Messieurs, félicitez M. de Meilly que nous décorons de la grande décoration de l'ordre...

LE DUC, *stupéfait et ravi.* Ah!..

LE ROI. A l'occasion de son mariage avec mademoiselle d'Humières...

LE DUC, *de même.* Ah! sire!...

LE ROI. Et vous, M. le Duc, remerciez madame la Marquise qui est venue solliciter pour vous une alliance....

LE DUC, *avec une ivresse toujours croissante.* Ah! madame la Marquise.

LE ROI. A l'occasion de laquelle je vous accorde le rang de duc et pair...

LE DUC. Ah! prince adoré... je suffoque... marié... décoré... duc...

LEBEL. Et pair...

LE DUC. Ah! Dieu! que c'est absurde... j'en ai des palpitations..

UN VALET, *annonçant.* Madame la duchesse de Meilly.

SCÈNE XV.

Les Mêmes, LOUISE, amenée par deux Dames d'Honneur, *sur un trémolo d'orchestre.*

LE DUC, *de loin à la Marquise, pendant l'entrée.* Ah çà! par exemple, je pensais bien que ça m'arriverait un jour ou l'autre... mais si je m'attendais que ce serait aujourd'hui, surtout...

LA MARQUISE. Ni moi non plus.

LE ROI, *allant à Louise et l'amenant.* Venez, belle fiancée... Louise, le roi de France vous priera d'accepter de sa main

votre parure de noce. (*A demi-voix.*) Et Louis de la porter pour l'amour de lui

La musique cesse.

LE DUC, *interrompant.* Ah! sire, c'est trop... (*Il passe du côté de la Marquise.*) Il nous comble véritablement.

LA MARQUISE. Oui! jusqu'aux cadeaux de noce.

LE DUC. C'est vrai; il fait tout pour moi.

LE ROI, *à Louise.* Si vous avez quelque grace encore à demander...

LOUISE. Sire, il ne m'est plus permis de rien désirer...

LE DUC. Ah! très bien, il y aurait de l'indiscrétion...

LOUISE. Mais, pour mon amie de Narbonne vous m'aviez promis sur la route de Chelles...

LE ROI. Ah oui... encore un mariage... j'arrangerai cela avec la famille, le jour où votre amie viendra à Versailles, pour être votre première demoiselle de noce.

LE DUC, *à la Marquise.* Ce roi-là ne sait plus rien vous refuser.

LE ROI, *à lui-même.* C'est qu'elle est très bien, mademoiselle de Narbonne, sa figure ne m'est pas sortie de la mémoire.

LEBEL. Allons, encore une décoration prochaine, au fait, pendant que Sa Majesté est en train, c'est le moment.

LE DUC, *à la Marquise.* Nous avions raison hier, décidément je suis né...

LA MARQUISE. C'est ce que je pensais.

CHŒUR.

Air de Picaros.

Célébrons l'hymen qui s'apprête,
Gloire, gloire à cet heureux jour!
Des faveurs dignes de la fête
Vont pleuvoir sur nous à la cour.

Pendant le chœur, un gentilhomme a donné la main à la Marquise qui vient faire au roi sa révérence d'adieu; le duc de Meilly passe à son tour avec la jeune fiancée.

LE ROI, *au duc.*
Faites, à votre tour, le bonheur de sa vie;
Oui, je vous le confie.

LE DUC, *avec un profond salut.*
Ah! quel suprême honneur!
O Titus, ô mon roi!.. je te porte en mon cœur.

CHŒUR.

Célébrons l'hymen qui s'apprête,
Gloire, gloire à cet heureux jour.
Des faveurs dignes de la fête,
Vont pleuvoir sur nous à la cour.

Louise, avant de franchir le seuil de l'appartement, se retourne pour jeter un dernier regard sur le roi, qui la suit des yeux jusqu'au baisser de rideau.

FIN.

Imprimerie de J.-R. Navrel, pass. du Caire, 54.

www.ingramcontent.com/pod-product-compliance
Lightning Source LLC
Chambersburg PA
CBHW061535170626
46811CB00004B/1948